VERSOS DE UN FRENESÍ

Hernán Rosario

Primera Edición: agosto 2020

Diseño de portada por: Vytautas Bikauskas
Editado por: José Morales y Melany Vergara

ISBN-13: 978-0-578-75177-1

NOTA DEL AUTOR

Déjame decirte porqué escribo
estos versos que hoy llenan este libro:
es un intento de capturar mi memoria
y de exteriorizar lo que mi corazón
se muere por decir.

Quince años han pasado
desde aquel primer verso
que inocentemente buscaba
plasmar en letras
lo que mis labios no sabían decir.

Le escribí a la vida y al amor,
al desamor y a la tristeza.
Mediante historias, símiles y metáforas
creé manifestaciones físicas
que narran mi trayecto
alrededor del sol.

Hoy, coloco estos versos aquí
con el propósito de que entres
a este libro, el jardín de mi corazón,
que hoy está abierto para que explores
aquello que tanto cuidé.

Si algún día me muero a ti te pediría
aunque sea despertar otra vez en tu mirada
para verte otra vez, tan feliz, tan callada,
de la misma manera en que me enamoré aquel día.

LA FLOR

Ahora encuentro en mi jardín
algo con inmensa hermosura
que a mis labios procura
una dulzura sin fin.

Tan perfecta y sin defecto alguno,
una flor creada con las manos del Señor
para hacer algo sin error
que solo por mirar felicidad siente uno.

Pero qué más inspiración se necesita
si con una flor tan admirable
todo es probable
y la musa en mí se precipita.

¿Cómo haré mía esa flor?
Si solo de día es visible
y en la noche no es posible
percibir su radiante esplendor.

Algo tendré que hacer
porque ya sueño poder ver
esa flor que todo debe merecer
porque es un regalo de Dios que no quiero perder.

Pero también debo cuidar
esa delicadez tan amada
que para mí fue seleccionada
para preservar y siempre amar.

Ya mi sueño se ha realizado,
tengo al fin lo más buscado:
algo perfecto y tan amado
que es la flor que he encontrado.

MI PRIMER AMOR

Las huellas de tus manos existen todavía.
Siento todos los días el calor de tu piel,
en mi cuerpo tus besos de miel
y el amor que todavía en mi crecía.

Nuestro último adiós se lo llevó el viento,
ahora triste a mi corazón le confieso
que ya en mis labios no sentiré tus besos
que me llevaron a un amor que todavía siento.

A las sombras caigo por tu agría despedida.
Ya no sentiré ese cuerpo junto al mío
y de tu boca mi sonrisa preferida.

Porque es este el primer amor de mi vida,
el que me ha dejado una gran herida,
porque es este el que se queda clavado y no se olvida.

TE FUISTE

No te pongas triste en nuestra despedida
porque tu corazón no se olvida
del amor que en ti habitó fuertemente
y a mí, amada mía, me dejó demente.

Ya te marchas y te encuentras lejos
pero en mis pensamientos no te dejo
y aunque alejada de mí te veo
espero que vuelvas aunque no lo creo.

Pero antes de irte me hiciste una promesa
que estarías cerca otra vez, en donde mis labios besas,
de algún día volver a encontrarnos
para volver a amarnos.

Ya treinta primaveras han pasado,
treinta primaveras sin ti a mi lado.
Tu recuerdo corre todavía por mis venas
y no tener tu amor crea mis penas.

Ahora estás al otro lado del estado,
sin ti, mi vida, me siento atado.
Ya yo tan viejo perdí la cordura
porque no te tuve y ahora me lleva a la locura.

Recibí tu llamada tan emocionada
que todavía estabas enamorada
de esta persona que por mucho tiempo te amó,
de esta persona que su amor siempre entregó.

Si estás al otro lado no te sientas preocupada,
si nuestra barca de amor está bien alejada,
yo con uno y tu con el otro remo la llevamos
para seguir amando hasta que perezcamos.

ASÍ NACISTE, ASÍ TE AMARÉ

Después del destello de las estrellas y el Sol
bajas del cielo brillando como un farol,
te vi y me arrodillé en el suelo
a rezar para que todavía no tomes vuelo.

Porque así tuviste que nacer,
de forma divina para hacerme creer
que tu belleza es magnífica y tu amor,
tu amor es el único que quita el dolor.

Cuando te miro a los ojos sigo viendo el destello,
recordando el día en que bajó algo tan bello,
la mujer que me hizo llorar de alegría
porque ahora mi vida no es como solía.

Ahora que ya te tengo procuraré quererte,
ya que eres perfecta y no quiero perderte,
y ahora vuelvo a rezar que de mí no te apartes
y hasta el fin del tiempo con mi corazón poder amarte.

MI POESÍA MURIÓ

Mi poesía se ha marchitado,
ha muerto como una rosa cuando se ha picado,
pero todavía guarda su color de rosa
y un poco de su fragancia grandiosa.

Se acabó la inspiración,
parece que ya no siente mi corazón,
se ha vuelto una piedra dura
incapaz de versificar lo que es la hermosura.

Algún día, cuando el amor regrese,
cuando calor sienta y labios bese
despertará mi corazón de su hibernación
y escribiré poemas, ya que regresó la inspiración.

Y así empezará la nueva primavera,
escribiré de todo y a quien quiera
ya que mi poesía sus pétalos abrió
como lo hace una rosa, ¡enseñando todo lo que guardó!

EL RECUERDO

Volví a pensar en ti, no lo creí,
pensé que había borrado todo de ti,
pero tu cara y todos lo momentos volvieron
así como todo lo que mis manos sintieron.

Y el recuerdo viene y va como el viento
que va trayendo los aromas de aquel momento
donde todo lo entregamos sin ser pensado,
y así como vino se perdió en el pasado.

El recuerdo de mi amor será un mar,
tan inmenso y tan extraño al recordar
que en cada ola viene un momento de amor
y quizás en la siguiente venga uno de dolor.

Algún día este recuerdo llegará,
con una fuerza inmensa que me atormentará
como una caída que duele después que sucedió
y nos recuerda día a día qué fue lo que pasó.

El recuerdo no muere, solo se opaca
por los que pasan ahora y por el que se destaca,
pero busca bien en mi memoria y ahí estarás:
recuerdo del amor que no morirá jamás.

¿BIEN O MAL?

La luz de la mañana de mi sueño me despertó,
soñaba contigo aunque ya todo acabó,
recordando todo lo que pasó, no sé porqué,
ya que duele pensar que tu amor se fue.

Tu recuerdo en mi corazón será una espina dolorosa,
y a la misma vez será tierno como pétalo de rosa,
me hará daño y no me hará daño, ya es esencial en mí,
como la sangre que corre por mis venas trayendo lo que sentí.

Es la cura a mi enfermedad y también el veneno,
no aguanto más, mi alma está destrozada
por el recuerdo del amor que pensé que sería eterno.

Ayúdame, no dejes que mi vida llegue a un final,
ya que a la misma vez que eres escudo, eres espada
y tengo que aclarar si tu recuerdo me hace bien o me hace mal.

UNA HISTORIA DE AMOR

"Había una vez un joven que se enamoró
de una joven bella a la cual su amor ofreció.
Siempre la quiso y siempre estaba con ella
ya que su amor era más grande que una estrella".

"Siempre fue lindo como cualquier flor,
en ellos se fecundó el más perfecto amor,
todos decían que algún día se iban a casar
hasta que un día se tuvieron que separar."

"Ella le dijo que lejos se tenía que ir,
él quedó inmóvil, ni una lagrima pudo salir,
ella lo besó y nunca quiso soltarlo,
porque su corazón por siempre quería amarlo."

"Él la vio ir y por eso pasó lo que pasó...
En una cama del hospital el joven cayó,
nunca se levantó, ningún doctor sabía
la enfermedad que lo mataba día a día."

"Por años vivió así y la esperanza se perdió,
finalmente, un día murió y toda su familia se reunió,
se le informó al pueblo entero lo que pasó
y de todas partes la gente al pueblo llegó."

Narraba una mujer a la multitud
la historia del gentil hombre que iba en el ataúd,
la gente con asombro la escuchaba
mientras ella decía la historia que tanto gustaba.

"Se murió esperando" la mujer decía,
"Sufrió mucho" pero nadie le creía,
"Usted no sabe nada" decían mientras se iban alejando,
ella gritó: "¡Yo si sé; por mí se murió esperando!"

POEMA DE LA SOLEDAD

Tenías un chance y desperdiciaste la oportunidad,
te fuiste de aquí dejándome sin felicidad,
yo te quería y nadie nunca te querrá igual
ya que el amor que está en mí es eterno y real.

Oculto era mi amor, como un secreto
que guardé tan bien que me dejó casi muerto
y cuando te lo dije no sé si fue un error
pero tenía que sacar de mí este gran dolor.

El amor más grande y profundo se albergó aquí,
en este corazón roto que sufre día a día por ti
ya que fue destrozado cuando mi amor fue negado
al conocer que tu corazón ya habías entregado.

Yo me quedaré sabiendo que fallaste,
que la oportunidad que te di la desperdiciaste.
Me quedaré aquí acompañado en la oscuridad
por la persona que tú bien creaste, la Soledad.

LA VIDA

Qué significa la vida si carece de amor,
cuánto dura la vida depende del espectador,
para unos es tan corta como parpadear
y para otros una eternidad difícil de terminar.

Qué más le puedo pedir a esta vida
que con golpes me desgarra y crea heridas
y provocan en mí pensamientos adversos
que son los que terminan plasmados en versos.

Algunas veces no es justa la vida,
como si nos quisiera cobrar deudas prometidas,
y sufriendo es como uno le pagaría
¡Pues para! Ya pagué más de lo que debía.

Pero algunas veces sufrir te ayuda a vivir
y a apreciar muy bien la vida día a día al existir
y pasar por tantas etapas y pruebas de dolor
en la búsqueda eterna del perfecto amor.

Aunque la hora de mi ida no conoceré,
a la muerte, sentado aquí la esperaré
y en mi regazo, mi libro de versos voy a tener
relatando la vida a la que siempre le llegué a deber.

UN JOVEN TROPEZÓ

Caminando por un bosque un joven tropezó
con una piedra tan hermosa que luego tomó,
era roja, clara, pero como que algo le faltaba,
en su centro una vez un corazón habitaba.

La vio tan especial que la envolvió para su amada,
pensando que un amor eterno nacería en la madrugada
pero no como el sol que cuando por la mañana nace
dura solo un día porque la noche lo deshace.

No, el amor que él cargaba con su regalo era real,
el que solo una vez se vive y solo en la muerte tiene final,
pero con su piedra tan hermosa él pretende obsequiar
un regalo tan precioso que no se ha de olvidar.

Y nadie sabrá, en la faz de la Tierra iluminada,
que el regalo que él dará con emoción a su amada
es el eterno amor, aquella piedra que se encontró
el joven que por el bosque iba caminando y se tropezó.

CASI TE OLVIDÉ

Señor, libra mi alma del pecado
si es pecado haberse sentido amado.
Mi corazón vacío se llenó como un vaso
cuando nos despedimos en el último abrazo.

Yo siempre te recordaré, te llevo conmigo,
te amé no siendo mía y por eso no importa el castigo.
El sol un día alumbro mi casa por la ventana
y lo único que me trajo fueron las canas.

Todo es tan viejo, hasta las memorias de amor
y ahora no recuerdo si por ti sentí dolor.
Aunque no te volví a ver y ya casi te olvidé
mi corazón sigue lleno desde esa vez que te abracé.

DEVUÉLVEME

Mi vida ya es más tuya que mía,
me has quitado cada aliento de alegría,
me has dejado como un mar sin sal
y has transformado mi paz en un eterno mal.

Quedó todo destruido; por tu culpa fue
que caí al suelo; ahora nada sé,
ya no importa si el cielo pierde su color
porque nada importa si ya perdí tu amor.

Tristemente te perdí
y ahora vuelas lejos de aquí,
como un ladrón de mí te llevaste
el amor que te di que ahora está tan distante.

Quedaré aquí inmóvil esperando tu venida,
que vuelvas a mí y con tu amor cures mi herida,
y me devuelvas lo que hará que regrese la alegría,
la vida que te llevaste, que ya es más tuya que mía.

LOS CAMINOS

Durante esas tardes de primavera juré que te poseía,
y aunque tenías otro amor te tuve aquella noche
llena de pasión, donde cerramos con broche
y un inmenso amor en tu rostro veía.

Pero partimos hacia diferentes caminos del amor,
tú te fuiste por el camino del olvido
que es mucho más corto que el que he escogido
porque el mío, tristemente fue uno de dolor.

Escogí este camino que es mucho más largo,
es peor que morir, no llega a ninguna parte.
Sueño tontamente con encontrarte
para librarme de todo esto que cargo.

Día a día ando con tus besos de miel,
con tus abrazos y el calor de tu ser,
y traté y traté, pero nunca me pude deshacer
del amor tan grande que quedó marcado en mi piel.

No hay otro camino allá en la lejanía,
viviré caminando en el camino del recuerdo,
tú me habrás olvidado pero yo todavía me acuerdo
de aquella noche loca donde te tuve no siendo mía.

AQUELLA NOCHE ESTRELLADA

Me daré la tarea de nunca olvidarte,
y esta chispa de amor mantener encendida.
A pesar de esta distancia que provoca mi herida
sigo aquí firme con tal de poder amarte.

Como un loco querré todos los días poder verte,
te saludaré de lejos aunque por ahí no estés,
y sabré muy bien cuál será mi destino de una vez:
aunque no te vea, nunca he de perderte.

Por las noches llenas de estrellas voy a recordar,
tu belleza tan pura como el agua que baja de la montaña,
y lloraré porque nunca tuve el valor de hacer la hazaña,
de buscarte, no importa donde, para juntos volver a estar.

Y un día, sin pensarlo, como cuando la muerte llega,
he de encontrarte de frente, así por sorpresa
me dirás: "Te quiero" y haremos la promesa,
de amarnos con una inmensa entrega.

Me daré cuenta al fin que el amor no hace parada,
no tiene fin ni inicio como el universo lleno de estrellas
y recordaré el día en que te encontré por ahí, tan bella
como en esos recuerdos de aquella noche tan estrellada.

MEJOR QUE PERDER TU AMOR

Mejor que se seque el mar antes de perder tu amor
y mejor que el cielo pierda su color
ya que no hay peor cosa que dejar de querer
a esa persona que el amor en ti hace crecer.

Mejor que perder tu amor me arranco el corazón
y se lo entrego a Dios para alcanzar la salvación,
para ser eterno y nunca morir,
así de grande es el amor que te quiero pedir.

Mejor vale morir que perder tu amor
y mejor perder la espina en vez de la flor
para quedarse con la fragancia que se va en el viento
pero que siempre se queda al igual que el sentimiento.

Mejor vale morir que verte marchar
con aquel corazón que nunca va a olvidar,
¡Qué pase lo que sea! ¡Qué el oro pierda su valor!
nada me interesa después que yo tenga tu amor.

ESTAS FLORES

Las flores se hicieron para decorar
los jardines de amor que se han de formar,
pero las flores no se dan si no existe aquel gran sentimiento
que hoy a ti y a mí nos roba el aliento.

Te doy estas flores hoy porque celebramos
cada día que tú y yo pasamos,
ya que nuestro amor es digno de celebración
y ¿qué mejor que flores para celebrar lo que siente mi
corazón?

Pero hoy las flores que te entrego en un ramo son rosas,
que se dan como el que lo da todo, dando tan poca cosa,
porque más allá de flores y del rojo color que ellas llevan,
yo te doy estas flores por culpa de lo que mis labios sellan.

Hoy te doy flores pensando solamente en este instante,
que equivocado estoy, por que la razón está oculta en mi
semblante:
Hoy te regalo estas flores rojas porque te veo aquí,
y porque simplemente, hoy y siempre, te quiero a ti.

EL TREN DEL AMOR

Un día de esos, no recuerdo muy bien cuando,
mientras a la estación del amor iba llegando,
recordé aquel amor que perdí hace muchas primaveras
que ahora espero en el andén de esta ciudad extranjera.

Y aunque el tren nuevamente pasó, no lo pude parar,
porque pensé que no era en el que me tenía que montar
para volver a ese tiempo lleno de alegría,
cuando le decía a ella que por siempre la amaría.

Pregunté en la boletería cuándo vuelve el tren,
me dijeron: "No sabemos bien,
¿por qué no te montaste en el anterior?"
yo contesté: "No pensé que en ese tren venía mi amor".

Y aprendí mi lección mientras del andén me iba caminando:
"Más vale pájaro en mano que cien volando"
y es por eso que no voy a malagradecer un cielo sin estrellas
ni tan poco un tren donde pudo haber venido el amor de ella.

LA BRISA

Con la brisa del mar traté de ocultar mi tristeza,
y aunque lo intenté no pude, ella me trae el recuerdo de tu
belleza,
y lloraré frente al mar, como lo hace un ciego al pensar
que nunca podrá ver la playa, ni todo lo que abarca el mar.

Pero en mi refugio de tristeza y de melancolía
he de amarte más, sintiéndote aún más en la lejanía,
desearé verte como cuando uno desea volver a soñar
ese sueño que se olvida al despertar.

Y lloraré como nunca he llorado, pensando que me olvidarás
y yo aquí solo, y aún más solo por tu ausencia, te llego a amar,
aún más.
Por que yo aquí he aprendido, que uno no sabe lo que tiene,
hasta que lo llega a perder.
Pues sintiendo que te estoy perdiendo, más me aferro al deseo
de volverte a ver.

Mirando a lo lejos comprendo que esas lagrimas fueron culpa
de la brisa,
esa brisa que me trae tu recuerdo y lentamente borra mi
sonrisa.
me convenceré que fue la brisa y que nunca te he llorado
y que nunca llegué a hacer este poema y que nunca te he
amado.

LO MALO DE LA VIDA

Ahora que te vas para más nunca verte en toda mi vida,
quedó muy claro en esa despedida
que algunas veces lo malo de la vida no es nacer
sino nacer y nunca en la vida llegar a querer.

Y recordaré muy bien tu sonrisa en los meses de verano,
pero quedará marcado tu adiós porque ahora puedo razonar
que algunas veces lo malo de la vida no es no tener manos
sino tener manos y nunca tu cuerpo llegar a tocar.

Aunque te vayas para siempre, siempre yo te voy a querer,
tu amor quedó como una cicatriz y por eso puedo entender
que algunas veces lo malo de la vida no es llegar a envejecer
sino envejecer esperando ese amor que nunca va a volver.

Pero hubo amor y por eso puedes irte y no te voy a seguir,
ya que mi corazón sigue latiendo por tu amor, con el cual
comprendí
que algunas veces lo malo de la vida no es llegar a morir
sino morir sintiendo todavía ese amor dentro de ti.

POEMA DE UN AMOR QUE SE ACABÓ

Amor que ya te fuiste, ¿por qué te espero todavía?
Si tocaste mi piel, ¿por qué no queda tu marca?

- "Será que su amor no era el que nos llenaba con pasión,
si no el que un día soñaste, pero solo fue una ilusión."-

Vertí mi corazón para ofrecerte mi amor que todo abarca
e intenté llenar tu taza que por años estuvo vacía.

- "Tal vez no la perdiste, dejarla de querer fue lo que pasó,
y lentamente lo que es querer, ya se te olvidó."-

¿Qué te costó decirme: "Te quiero" si yo poco te pedí?
¿Por qué ahora siento que la hoguera de amor es solamente
una brasa

- "Pero por querer dárselo todo mi reserva está vacía,
y ella posee nuestro amor que en realidad no merecía."

y que tu sed de amar la satisfaces bebiéndote enteramente tu
taza,
tu taza llena del sacrificio que hice por ti?

- "Faltaba más leña y tú quisiste usar gasolina,
sin saber que por avanzar así el amor se termina."-

Porque nuestro amor es como una enredadera en un jardín
que nació temprano en la primavera y tuvo un prematuro fin,

- "Ahora te das cuenta que el amor es como una flor
que hay que cuidar para preservar su fragancia y su color."

que por crecer tan rápido, se secó rápidamente en aquel muro,
qué pena que nuestro amor nació en un apuro.

- "Pero ya estoy vacío porque me ofreciste por completo
al derramar nuestro amor en un intento obsoleto."

Y tú, bebiendo de tu taza, llena de un amor sin par
permanecerás siempre insatisfecha porque no sabes amar.

- "Me alegro en saber que entiendes finalmente
que te debes valorar y no gastar tu amor ente-"

Basta corazón, ya has hecho demasiado
solo te pido perdón por no haberte valorado

- "…".

LA DE MI SUEÑO

En los días de soledad en el verano,
soñaba con unos ojos bellos ya de antemano,
siempre anhelaba, aquel sueño tan bello,
donde me veía en esos ojos como un destello.

En los días tristes soñaba con unos ojos verdes
profundos y quietos, y con un misterio que no se entiende,
pero yo sufría porque moría mi sueño al despertar,
y moría un poco al saber que era imposible mi sueño realizar.

Mientras crecían mis ansias al tiempo pasar,
un día sucedió un milagro y mi alma agradecida pudo estar,
porque me han mirado unos ojos verdes y pude entender
que con su mirada, profunda y quieta, me quieren conocer.

Y ahora, que mis ojos se pierden en esos ojos en la noche,
puedo decir que nos unimos como un hermoso broche.
Aunque nunca lo dije, hoy lleno de emoción lo gritaré:
al fin son míos, esos ojos verdes, que un día soñé.

ALGO MÁS ALLÁ

Veré en el claro esplendor de la mañana algo más;
algo más que el sol saliendo por el este, algo que no veré
jamás
porque podrán pasar más amaneceres pero ninguno como el de
hoy
donde siento el amor más grande, en el cual puedo ser quien
soy.

Y veré en tus ojos algo más que tu mirada fija y quieta,
algo más allá de tus pupilas, donde soy ganador sin cruzar la
meta,
ya que siento el amor como nunca lo había llegado a sentir
porque nunca pensé que al verte caería hechizado sin poder
salir.

Porque el que cae en tu mirada ya no será bueno sin tus ojos
tener,
eres la que quiero querer
porque ya no soy nadie soy un cielo de noche sin estrellas, si
no te miro

soy una playa sin arena, soy todo aquello que no llegó a ser
nada si no te tengo y admiro.

Y me costará entender cómo, mujer tan bella y hermosa, te
llegué a conocer,
con unos ojos tan lindos que al mirarlos uno se enamora sin
poder entender
por eso no te vayas, sé la mujer que con tus ojos me hace ser
mejor,
porque nada era y nada seré si algún día llegase a perder tu
amor.

PERDÓN AMOR

Amor ¿por qué no estás aquí? Apresúrate a llegar
que se me acaba el tiempo y me canso sin comenzar,
la búsqueda de ese sentimiento añorado
que nunca he tenido y ya de esperar estoy cansado.

Tal vez pienso esto porque no tengo tu consuelo,
y poco a poco mi corazón se marchita y cae al suelo.
No dará fruto, ya no tiene la voluntad de crecer
porque el amor ha sido un camino que no he podido recorrer.

Perdóname, Amor, por pensar esto, es que mucho he sufrido,
dame una oportunidad de querer, yo poco te pido,
y si me la das, júzgalo bien porque no pienso recoger
una falsedad que tú en esta vida me quieras hacer creer.

DE LEJOS TE AMÉ

Sabrás bien porqué a los ojos no te veo,
porque hay cosas que siento y cosas que creo,
pero de lo que estoy seguro es del amor que siento
que algunas veces se va como se va el viento

pero que se queda, sin saber que está ahí,
porque aunque no se ve sé que está dentro de mí
pero no importa lo que pase, no puedo ignorar a mi corazón
que algunas veces late, pero muere de desesperación.

Porque más que un afán ha sido una maldición no tenerte
y solo verte pasar y soñar que puedo llegar a quererte.
Aunque no eres mía hay cosas que no tienen dueño
pero algunas veces son más de nosotros, como el amor y el
sueño.

Pasarás toda tu vida sin saber que de lejos te amé,
que he sido dueño anónimo de los ojos que siempre miré,
y el amor que me hacía vivir hoy ya me quita la vida
porque algunas veces el amor puede ser la más dolorosa
herida.

SUS OJOS

Sé que tuvo que ser así, no existe otra manera,
no hay forma de replicarlos aunque alguien quiera,
todo el que cae en su mirada será condenado de por vida
a seguir recordando los ojos aquellos que nunca se olvidan.

La historia narra así: "Sus ojos, antes de ojos ser,
fueron la resina del árbol más alto que pudo haber,
pero ya era viejo, pronto iba a morir,
desapareciendo un tesoro todavía por descubrir.

Y así, en sus últimos días, para su tesoro compartir
endureció la resina; de ámbar formó dos esferas,
y con un último esfuerzo, moldeó un cuerpo de madera
que adornó con esos ojos de ámbar que nadie puede resistir.

El sol pintó su pelo, poniendo punto final a su perfección
para que las aguas del río la llevaran a los brazos del poeta
que hoy narra la historia, al fin completa,
de esos ojos que se apoderaron de su corazón.

¿DÓNDE CABE EL AMOR?

El amor que tengo hoy no cabe en mí,
y por eso te lo entrego por completo a ti,
no existe más espacio para guardar el amor
en este corazón que al verte se siente mejor.

Pero es que no cabe, se desborda por completo,
y riega por todo mi cuerpo lo que por ti siento,
va en mi sangre, es el aire que puedo respirar,
es la luz de mis ojos, y es por eso que te puedo mirar.

Si algún día quisiera guardarlo en un lugar
tendría que pensarlo bien, ya que ocupa todo el mar,
todos los océanos, y cada gota de rocío de una flor,
así de grande, así de intenso es nuestro amor.

Dos corazones, y no hay espacio para el sentimiento,
y un día te señalaré, la noche oscura en el firmamento,
te besaré y te diré: "Mira las estrellas, llenas de brío,
han sido el lugar donde he podido guardar, el amor, tuyo y
mío.

NO QUIERO PERDERTE

No pasará más nada en la vida si te pierdo,
si te olvido para siempre y no te recuerdo,
sentiré que las hojas verdes paran al caer
porque el tiempo parará si te llego a perder.

Las estrellas ya no alumbrarán el firmamento
y la historia que vivimos la veremos como un momento.
Mi vida entera la pasé a tu lado para quererte
y hoy todo me parecerá poco si no llego a tenerte.

Porque al verme en tu mirada empezó mi vida,
y al besar tu boca empecé a respirar enseguida,
antes no sabía lo que era tocar hasta que te toqué
y no conocía lo que era amor hasta que te encontré.

Por eso hoy, que pierda las manos con tal de tocarte,
no existe otra alternativa si luego has de esfumarte
para que mi mente pueda recordar esa sensación
de tocarle la piel a esta persona que llenó mi corazón.

SOL, LUNA, Y TIERRA

Sol que alumbras en el cielo,
permíteme un día más para acariciar su pelo,
mira que ella es tan linda, tan hermosa
que comparte su belleza con la de una rosa.

Y tú Luna que me acompañabas en soledad,
gracias por todo, ya encontré la felicidad.
Y si la ves por la noche, hazle sentir
que su amor es la único que me hace vivir.

Ahora tú Tierra, cuida siempre sus pasos,
porque no soy nada si no tengo sus abrazos,
y si perdiera sus besos y su ser,
de tu superficie preferiría desaparecer.

Estos guardianes astrales hoy alineados están
para cuidarte en mi más profundo afán
de quererte por siempre a mi lado
para observar este universo que para los dos fue creado.

MI REGALO

La vida un regalo especial me ha otorgado.
Yo no lo esperaba, pero sí lo quería,
envuelto en belleza que antes no veía
y dentro, la mejor sorpresa que me han dado.

Porque adentro, algo hermoso fue lo que hallé,
tan suave y sutil como el pétalo de una flor,
algo que despertó en mí, el más profundo amor
de esos que siempre soñé y en ese regalo encontré.

Cuando salió de la envoltura ahí comprendí
que es un privilegio a los ojos poder mirarte,
y si me das la oportunidad, por siempre voy a amarte
por que nunca he sentido lo que hoy siento por ti.

Y ese regalo que me ha brindado la luz,
que ilumina mi vida cada amanecer,
le dio nombre a la belleza, me enseñó a querer,
y hoy sé que lo más importante en mi vida eres tú.

TODAVÍA QUEDABA UNO

I

Ya doy por terminada la lucha por ti,
ya ha pasado tanto tiempo desde que te perdí,
lo que callaba antes, hoy será descubierto
y en el futuro veremos si es falso o es cierto.

Tu indiferencia a lo que pasó me duele tanto,
a ti que te pasó tan lejos el tren del llanto,
atrévete a decir que fallé, que la culpa fue mía,
si de lo único que soy culpable es de darte alegría.

Tú que te sientes bien cuando tus culpas repartes,
diciendo que fui el malo pero yo solo quise amarte.
Tú me trataste mal, me hiciste vivir una ilusión,
viendo como poco a poco me iba alejando de tu corazón.

Tú que estás bien, porque ya no hay nada en tu corazón,
que no piensas en mí ni siquiera por equivocación,
si te sanó la herida, atrévete a la cicatriz borrar
para solo así entender que ya no queda nada porqué luchar.

Pero es que tienes que tener mala memoria,
para poder olvidar fácilmente nuestra bella historia,
no me arrepiento de nada, solo te reprocho cómo lo hiciste,
cómo me trataste tan mal y nunca nada me dijiste.

II

Pero ya, no queda más nada que hacer,
Cupido se equivocó y me hizo llegar a creer
que nunca te perdería, que a mi lado siempre estarías,
dime por última vez que no y te dejaré de hacer poesías.

Pero a diferencia de ti, aunque algún día te deje de amar
estoy seguro que es imposible que te pueda olvidar,
yo que todavía padezco de esta enfermedad
de quererte aún en esta soledad.

Contigo aprendí a amar y creo que tú también,
pero tú al dejarme, saliste ganadora, saliste bien
porque no me diste las instrucciones para olvidarte
y ahora sufro día a día para de mi mente poder sacarte.

Aunque nuestro amor no tuvo un final feliz y contento,
me voy feliz porque tú perdiste más que yo en este momento,
me voy tranquilo, sabiendo que ya más nada se podía hacer
y teniendo en cuenta que no ha nacido otro que te pueda
querer.

NO QUIERO VERTE

Hoy, no quiero verte pasar por aquí,
por este lugar donde pasabas junto a mí,
y aunque hoy no estás cerca, conmigo estás,
y con el pasar del tiempo, se que aquí seguirás.

Todavía no he logrado sacarte de mi mente,
es un proceso complicado, aunque no lo aparente,
es como borrar aquella herida que aún duele
y no existe nada en la Tierra que me consuele.

Y no quiero verte para no perder la alegría
al mirar tu faz indiferente y fría,
era de esperarse, tú nada valoraste,
tachaste mi nombre y de mí te olvidaste.

En realidad no quiero, porque tal vez estás con él.
él, que piensa que borrará mis huellas de tu piel.
él, que no sabe quién fui en tu historia,
tendrá tarea difícil si piensa marcarse en tu memoria.

Tampoco quiero que me veas por ahí,
con mi cara triste porque tu amor perdí
y si algún día he de encontrarte sentiré un vacío
al saber que ya es ajeno lo que un día fue mío.

NINGUNO

Ya que todo está perdido quiero ayudarte,
para que no sufras y de mi amor puedas olvidarte,
te lo presento hoy, llegó en el momento oportuno,
él es mi mejor amigo y se llama Ninguno.

Ninguno será una buena persona para ti,
Ninguno te entenderá y te dará lo que yo no te di.
Ninguno será buen hombre, lo conozco personalmente
y sé que Ninguno estará siempre ahí parar complacerte.

Pero aunque no lo creas, Ninguno es el mejor,
Ninguno será tan cariñoso, Ninguno te dará el amor
que tú buscabas y en mí no encontraste,
Ninguno te amará como yo pude amarte.

Y aunque es triste, yo sé que Ninguno es mejor que yo,
Ninguno superará el amor y te hará olvidar lo que pasó,
Ninguno llegará a quererte más de lo que yo te quise,
Ninguno hará todas las cosas que por ti yo hice.

Ahora dime, ¿cuándo lo quieres conocer?
para que Ninguno borre lo mucho que te llegué a querer,
yo sé que Ninguno te ayudará a olvidar el pasado
porque Ninguno llegará a amarte como yo te he amado.

ÚLTIMA REFLEXIÓN

Hoy, es en realidad el último día,
que voy a luchar por el amor que tenía,
ya mi pecho no aguanta este dolor,
y quiere, aunque imposible, olvidar este amor.

Hoy no es un día cualquiera para mí,
hoy cumpliríamos un año desde que tu corazón pedí,
pero hoy para ti es un día común y corriente
porque tú ni siquiera te acordaste, ni te pasó por la mente.

Y hoy te quisiera decir adiós para toda la vida,
pero hay algo que siempre me hará recordar, y es esta herida,
esta herida que si algún día sana dejará cicatriz
y debajo estará el recuerdo, como si fuese raíz.

Pero yo no creo que tú seas tan olvidadiza,
que borraras todo, como si se lo llevara la brisa,
para mí no hay huracán, que pueda arrancar
este recuerdo de ti, que a veces me hace llorar.

Por eso, por más que te hayas bañado no llegarás a borrar
las huellas que quedan en tu cuerpo, de cuando te solía amar,
ni mucho menos el sabor de mis labios de cuando te besaba,
ni las tiernas caricias de cuando todo tu cuerpo tocaba.

Y tendrá que suceder, algún día, alguien llegarás a conocer,
y cuando te pregunte quién fui yo, hazle por favor saber,
que yo fui el peor, que te engañaba, que no era amable,
dile todo esto, si eso te hace sentir menos culpable.

Ten en cuenta cuando él te bese con extrema nitidez
que fui el que te dio tu primer beso, y eso solo se da una vez,
y cuando él te bese, besará esos labios que aprendieron a besar
en estos labios míos que un día te hicieron soñar.

Y ya no queda nada, tal vez ni seamos amigos,
pero que quede claro, tú abriste el diccionario conmigo,
y me da pena por él, porque como tú ya perdiste un amor
no te importará perder otro, pues ya perdiste el mejor.

UN DÍA TRISTE

Hoy es un día triste para mí,
triste, porque no estás aquí.

Hoy renace en mi alma un afán,
de recordar los días que no volverán.

Fui un tonto al pensar que te olvidaría,
y que algún día otra vez en mis brazos te encontraría.

Todo me ha sido complicado, pero no para ti
que olvidaste tan rápido lo que en tu vida fui.

Pero de seguro habrás soñado conmigo
porque el corazón nunca es un buen amigo.

Quién sabe cuántas veces habrás pensado
en los besos que te di y en los que te hubiese dado.

Cuántas veces en tu soledad habrás añorado
que tu mano fuese la mía para revivir el pasado.

Pero sé que hace mucho esas cosas habrás olvidado
y vendrá otro que te quiera como siempre has soñado.

Y cuando ya se quieran y se besen, entonces verás
que él no puede darte besos como los míos que no olvidarás.

Y tal vez algún día, al ver que como yo no te provoca
cerrarás los ojos para imaginar que soy yo quien te toca.

Tus padres también verán que él no es un buen hombre
y algún día, al igual que tú, lo llamarán por mi nombre.

Pero él no sabrá nada, no sabrá qué dice tu corazón
y no sabrá tampoco, quién fue tu primera ilusión.

Quién sabe, tal vez algún día nos veremos
y al no reconocernos, dos extraños seremos.

Nuestras vidas seguirán, pero de forma diferente,
yo escribiendo, y tú, tú serás lo que me diga la gente.

Hoy, hoy es un día triste para quien vive en el pasado
porque te empiezo a recordar, cuando al fin te he olvidado.

TE VI

Yo sabía que no te podía ver,
yo sabía que mi corazón se iba a detener,
y que todo lo que un día llegó a ser mío
ahora es solo un soplo de viento frio.

Maldita sea la hora en que pasé por ahí,
malditos sean estos ojos que te vieron a ti,
ya cuando el recuerdo se había olvidado
vienes tú a aparecerte trayendo contigo el pasado.

Pero cra incvitable, estamos cerca en esta lejanía,
y era de esperarse que te encontrara algún día
para que vinieras a borrar mi sonrisa,
al sentir otra vez el dolor en la brisa.

Verte ha sido lo peor que pudo pasar,
me hizo entender que el recuerdo no se puede borrar.
Hoy te vi, pero no te quiero volver a ver
para no sentir que ya no es mío, todo lo que llegué a tener.

LO QUE SIENTO

Por un momento en la vida fuimos extraños.
Quién sabe cuántos días, quién sabe cuántos años
estuvimos frente a frente sin entender
que juntos el destino nos quería ver.

Y poco a poco, lentamente, así sucedió.
Un día, no sé cuál, algo en mí despertó.
Algo que hace emocionarme cuando te veo;
algo que ningún genio concede como deseo.

Besarte es una adicción, es perder la razón,
es lo que me sustenta, le da energía a mi corazón
y si tus labios son mi droga, el remedio no lo quiero,
porque tus besos son más grandiosos que el universo entero.

Solo tú y yo sabemos lo que ignora la gente,
y aunque está creciendo, va a tener que ser paciente,
este amor, que hace mucho quiere sus alas estirar
para juntos tú y yo, hacia el cielo poder volar.

AQUEL LUGAR

La calle está triste y el lugar está cerrado
y recuerdo aquella vez que salí sin estar a tu lado.
Te vi cerrar la puerta con aquella llave
que si hoy existe, en realidad nadie sabe.

Me acerco a la casa y veo cuán grande es,
recuerdo cuando la construimos, recuerdo aquella vez
que te miré a los ojos y juntos empezamos la travesía,
viendo como poco a poco nuestro amor crecía.

Y ahí, frente a frente a lo que fue mío un día,
me di cuenta que mi corazón te recuerda todavía
y ahora quiero, por última vez volver a entrar
a aquel lugar que juntos llegamos a levantar.

La puerta estaba abierta y entré al pasillo,
hoy está tan opaco lo que antes tenía brillo
y vi que tiene un final este estrecho camino
similar al final que tiene nuestro destino.

Pude ver, en esa sala donde un día nos amamos,
lo poco que queda del hogar que juntos formamos
y no vi ninguna flor de las que te regalé
pero ¿qué esperaba ver si nunca te importé?

Todo es un desierto, praderas perdidas,
que sucumben al saber que olvidas,
tú, que un día sembraste aquí tu amor
ahora solo cosecharás, el fruto del dolor.

Siento que ha sido tan larga esta corta estadía
he aquí donde mi corazón se marchitó
y comienzo a recordar porqué perdí la alegría,
fue aquí donde un día mi amor murió
esparciendo tristeza por este hogar que ya sucumbió.

Y aquí estoy ahora, frente a la tumba de nuestro amor,
para verla y ponerle una última flor.
Quiero creerme que un día vendrás por aquí
aunque sea a recordar lo que sentiste por mí.

LA REALIDAD

Ha sido bien difícil la travesía,
aguantar y reprimirlo todo,
conformarme con callarme
y almacenar en mí el sentimiento.

Mi corazón palpita día a día,
pero a veces pierde el ritmo,
especialmente junto a ti,
aquella mujer sin nombre.

He decidido aguantarlo,
soportar la imposibilidad
de que nunca seas mía.

Lo tengo que aceptar,
tengo cero chance
de entrar a tu vida.

Te quise en silencio
y en silencio quedará
todo lo que he sentido.

Más allá de lo imposible
veo tu rostro sonriendo
y esos ojos llenos de vida
que he de mirar solo de lejos.

Ya, acepto la realidad,
hoy tengo más probabilidad
de sobrevivir la muerte
que de amarte.

DETÉNTE TIEMPO

Déjame tratar de aprehender este momento,
congelar fotográficamente este instante.
Te quiero así, atrapada conmigo
mientras el mundo deja de dar vueltas.

Pero a pesar de mi fracaso de detener el tiempo
los segundos se me escapan entre los dedos.
El sol, estancado eternamente en el horizonte,
permanecerá quieto, alumbrándome sin descanso.

¡Fallé! El tiempo para mí sigue su curso,
mi condena será verte aquí quieta
tú, joven y bella, ¡Juventud divino tesoro!
yo viejo, con nieve en mi cabeza.

Pero ya, ya es hora de irme lejos
la muerte me llama para ir a soñar
y este día interminable, no puede ser más triste
para quien amó por años en silencio,
para quien amó por años en soledad.

POEMA FINAL

Hoy quiero escribir
el poema más triste
y no sé si hay lágrimas suficientes
para bañar el papel.

Yo no sé si la amé,
yo no sé si realmente me amó,
hoy, solo quiero recordar
que jamás volveré a amar así.

Ella supo cautivarme
en el silencio más absoluto.
Yo supe entregarme ciegamente,
a algo que nunca existió.

Pero estos sueños, malditos sueños,
que alteran la realidad,
son solo una proyección
de lo que siente mi corazón.

Yo la quiero para mí,
pero, como una estrella,
ella será un punto distante
en el distante e infinito firmamento.

No fue culpa de ella, la culpa fue mía,
así como es culpable
el río que corre hacia el mar.

Yo la amé, y ella no sabe
que mil versos le he escrito,
pero como nunca tienen dedicatoria
ese secreto morirá conmigo.

Yo no sé cómo pudo haber sido,
yo solo sé que jamás soñaré
como he soñado con ella.

En este intento fallido de escribir
los versos más tristes de mi vida,
he querido atrapar en letras
lo que hoy despedaza mi alma.

No, no puedo plasmar en tinta
el dolor que corre por la sangre,
la tristeza manifestada en lágrimas
y el dolor que quiebra mi corazón.

Hoy, quise escribir
el poema más triste
y entre estas líneas se encuentra
el dolor de un corazón que hoy sabe
que solo queda olvidar.

YO NUNCA QUISE

Yo nunca quise soñar así,
pero a veces, es de la única forma
que el corazón puede hablar.

Yo nunca quise vivir así,
con una piedra en el zapato
que con cada paso, duele más.

Yo nunca quise amar así,
entregándolo todo en un vaso
que ni tan siquiera puedo beber.

Yo nunca quise morir así,
teniendo que despedazar aquello
que un día tanto cuidé.

A LA QUE NO EXISTE

Pasaste por mi vida sin saber que pasaste,
en mis libros de poesía serás una desconocida,
o un sueño, o una historia inventada
en el frenesí infinito de mi musa.

Sí, serás solo eso, ya que nunca te nombraré,
tu singular nombre no será versificado
y aquel que lea mis poemas no sabrá
si realmente existes, más allá de un verso.

Yo, te podría pintar como quisiera,
en mis versos podrías tener ojos azules,
podrías ser de aquí o de allá, qué importa
si solo en mis versos existirás.

MI DOLOR

Inspirado en "Mi Dolor"
de José Ángel Buesa

Déjame cuidar este dolor,
esto que me quema y me hiere,
un dolor que dice que todavía no muere,
como un árbol seco con su última flor.

Día a día se abre esta cicatriz
pero hay veces que prefiero este dolor que no se va
porque no quisiera solo curarme y ya
para perder este dolor que suele hacerme feliz.

Quiero protegerlo aunque el sueño me destroza
aunque me aprieta el pecho, lo quiero para mí
lo quiero con espinas, como se quiere una rosa.

Cuidaré este dolor que nació porque sí
dejaré que crezca esta única cosa
que todavía me queda de ti.

MI VELA

*Mi amor es una vela en la mano,
qué bueno es cuando me
alumbra, pero ¡qué
malo cuando me quema!*

Tengo una vela encendida,
alumbra fuertemente y brillante,
es como mi amor esta vela prendida
que quizás solo durará un instante.

El viento a veces la quiere apagar,
y yo la cubro y la protejo con mi vida,
sé que la mecha se puede acabar
quedando por siempre mi luz perdida.

Pero en su corta existencia
preferiría que dejara de alumbrar
para que acabe de una vez esta penitencia
de no saber cuándo se va a apagar.

Sé que un día su luz cesará de existir,
se acabará la mecha o el viento la apagará,
así será nuestro amor, un día dejará de vivir
y en su lugar cera será lo que quedará.

HISTORIA FINAL

I

Fui yo quien llenó tu copa vacía,
quien añadió léxico a tu diccionario,
quien pintó de fechas lindas tu calendario,
quien te dijo por vez primera: "Eres mía".

Pero te perdí. Te esfumaste.
Como el agua que entre las manos se va,
tu amor, seguramente, de ti se fue ya
aunque en mí quedó lo que sembraste.

Y, como eres linda y hermosa,
vendrá otro a iluminar tus días.
Te dará lo que no te di; te dará fantasías.
Pero sus palabras y su amor serán poca cosa.

Y te enamorarás, caerás otra vez rendida
pero él no te ama como yo te amé.
Y un día, llena de culpa, yo lo sé
leerás mis poemas y te sentirás querida.

En ese instante vas a desear
que él sea como fui.
Vas a querer, eso sí,
que te ame como yo te solía amar.

Le contarás de mis errores a él,
él, estará de acuerdo, y sin conocerme me odiará,
solo una media verdad él sabrá
y te amará, te consentirá, y será fiel…

Aunque sea sin querer, un día vendrá
un recuerdo involuntario a tu mente
de cuando te besé, apasionadamente
por primera vez, aquella tarde donde pude ver

que el amor en ti pudo crecer.
Pero ya es tarde, la primavera ya pasó,
las flores no florecieron, todo murió
y solo queda llorar por lo que pude tener.

II
Al pasar el tiempo…

Ya yo me habré perdido
o en tu recuerdo o en tu amor.
Ya tú no sentirás el dolor
y al pasar el tiempo, ganará el olvido.

Quizás, en el vago recuerdo que tengas de mí,
solo tendrás guardados mis versos.
Serás diferente, al igual que el universo
y habrás olvidado quién yo fui.

Te quedará tal vez algún involuntario gesto mío,
o alguna palabra que yo decía junto a ti,
quizás en alguna fecha te acordarás de mí
y tus ojos, detrás de tus lentes, serán un río…

Nuestras vidas los dos seguiremos
como amigos o como extraños
o, como es la vida, de aquí a unos años
quizás en algún lugar nos encontremos.

Yo iré acompañado o estaré solo todavía,
tú tal vez con un hijo que nuestro debió ser,
hablaremos de lo que hemos llegado a tener
y te diré adiós y la vida seguirá fría.

Como el tiempo nunca ha sabido detenerse
ya las hojas de otoño caerán sobre nosotros,
habremos olvidado, ya seremos otros
y tal vez nuestros ojos no vuelvan a verse.

O tal vez, estaremos un día frente a frente
y ya sin reconocernos, seguiremos nuestro camino.
O quizás, uno de nosotros, si así decide el destino
seis pies bajo tierra estará eternamente.

III

Como el tiempo no retrocede
será imposible cambiar lo sucedido:
el amor que nació en mí no será repetido
y el recuerdo de ti, borrarlo, nadie puede.

ÚLTIMA FLOR

Una última flor para aquella mujer,
una flor para el amor que pude tener,
esta última flor será una rosa
como símbolo de la única cosa
que me queda de ti.

Una última flor para este amor,
para el amor que me llenó de color,
para el amor más grande que he tenido,
para la única mujer que he poseído
es esta flor.

Una última flor y un adiós
a este amor único, no habrá dos,
y esta flor será solamente
lo único que te llevarás en tu mente
este día, tan triste para mí.

Una última flor para este final,
para este amor que no sé si fue mal
lo único que sé es que jamás amaré
como he amado hoy, el día en que entregué
la última flor a mi más grande amor.

HABÍA UNA VEZ UNA JOVEN

Un día conocí a una joven hermosa,
buena y llena de emoción
un día esa joven se lleno de ilusión
y una mañana, se abrió como una rosa.

Me dio su amor y yo le di el mío,
nos embarcamos a un viaje celestial,
le di un amor que no ha tenido igual
y su corazón, jamás sintió frio.

Pero el tiempo pasó, y la joven creció
y yo, el poeta, me volví humano
y erré, y ya esa joven no sostiene mi mano
y la soledad, a mi puerta, tocó.

Pero, y esa joven ¿a dónde fue?
¿A dónde fue su inocencia?
¿Dónde está la joven que con paciencia
aprendió del amor que le entregué?

Esa joven que en el mundo se perdió
se llevó consigo el amor que le di,
esa joven, ya no es la misma que conocí
y a otro lugar con mi amor se fugó.

Pero yo sé porqué lejos se fue;
a buscar nuevos caminos y libertad
pero en su noble gesto me dejó en soledad
y a veces, en las noches, me pregunto el porqué.

Esa joven, ya nada de joven le queda,
en su lugar queda una mujer bella
pero como un río con su agua que destella
se puede ir el agua pero el río se queda.

NO PODRÁ

Si ella pudo borrar con extrema facilidad,
tal vez pronto tendrá de compañía la soledad,
si se deshizo del gran amor que tuvimos
ahora con uno pequeño será fácil hacer lo mismo.

Él, que su nombre no sé,
camina por segunda vez lo que yo caminé,
besa sus labios, donde conmigo aprendió a besar
y él jura, tranquilamente, que mi nombre puede borrar.

Él, que habrá recogido su corazón,
creerá, cuando la besa lleno de emoción,
que le enseña, pero aunque él no lo crea
se va a sorprender cuando su alumno sea.

Él, que intentará fallidamente ser yo,
con sus manos no hará lo que una mano mía logró,
ella se conformará con su simple amor
y en sus sueños deseará volver a tener mi calor.

Irremediablemente ella pensará sobre nosotros
cada vez que él se quede corto, como todos los otros.
Se aburrirá y cuando a la cama vayan a ir
entenderá porqué las mujeres han de fingir.

Él intentará, pero ser como yo, jamás.
No le di más amor a ella porque no existía más.
Seré en su vida aquel camino prohibido
que visitará a escondidas para que no gane el olvido.

Vuelves a mí, mujer inaprensible,
a atormentar mi sueño y mi día,
a llenarme de fantasías y posibilidades
que nunca serán realidad.

MI COMPAÑERA

Ya la noche está fría
y el silbido del viento me dice
que ya es hora de olvidar.

La Luna me mira con su rostro de plata
haciéndome recordar lo que un día creí
que había olvidado.

Ya todo es frío, no queda nada,
el rastro mínimo de tu presencia se perdió
cuando dejé de llorar.

Desde tu partida no he conocido
mejor amiga que la que tengo hoy,
es silenciosa, fría, abstracta...

Ella ha sabido brindarme
una ausente compañía
que llena mis días con su vacío.

Yo, versificador de la tristeza
solo he caminado un sendero
lleno de lágrimas y dolor.

Pero ella, mi ártica compañera,
me ha guiado con su mano de hielo
por el abandono y el sufrimiento.

Yo, temeroso de darte nombre
y con el corazón bajo cero
te llamo la Soledad.

UN AFÁN

Hoy me nace un afán de querer
olvidarte y arrancarte de raíz,
tarea imposible ya que has sido
la herida que dejó cicatriz.

Un día, un señor de muchos otoños
me dijo que día a día te esfumarías más.
¡Qué va! Si mi sueño aún perturbas
como una piedra en el zapato.

Cada paso que doy hacia el futuro,
mi corazón decide ir al pasado,
decide acurrucarse en sí mismo
y vivir una vida de recuerdos.

Hoy, me nace un afán de convencerme
que algún día partirás de mi memoria.
¡Qué va! Si tu huella en mi alma es
como una pisada en la Luna.

LA DISTANCIA

Si solo supieras lo lejos que te siento:
la esfera celeste parecería ser
más alcanzable que tu alma.

Que aún cuando el espacio entre los átomos
de nuestros labios es infinitamente pequeño
Júpiter parece alumbrar mi ventana
más que tus ojos color noche profunda.

La luna, que ha sido testigo principal
de nuestra corporal cercanía
sabe que es un mero espejismo
que oculta el eclipse entre tu corazón y el mío.

Ni los años luz son suficientes
para medir el espacio que nos aleja.
Eres lo más imposible que conozco,
sería más fácil apagar una estrella
que lograr que en ti origine el amor.

Me conformaré con verte solo de lejos,
serás aquella estrella distante
que un día iluminó mi vida
y duró lo que dura un estornudo.

¡QUÉ PENA!

De los poros transpiro pura soledad,
las lagrimas expulsan en su salada existencia
el grito silencioso de desesperación
que ya mi garganta se cansó de gritar.

Quiero un nuevo despertar nocturno,
un despertar con ojos cerrados,
quiero que la Luna se eclipse con Marte
y que el Sol decida no salir un día.

Ya el tiempo me apuñaló con su flecha infinita,
llevándose consigo el último pétalo del amor,
dejando tierra fértil para que tu semilla desconocida
aprenda a crecer en esta lejanía cercana.

Tristemente desconoces de mi existencia
y los versos pasados solo tendrán de hogar este papel,
tus oídos y tus ojos muy lejos están
de estos versos tuyos, que jamás vas a leer.

UN NUEVO DESPERTAR

Anduve por el mundo sin rumbo
ni destino, ni forma.
Anduve sin brújula, sin timón
y solo la poesía fue mi salvación.

El hastío tocó a mi puerta,
y ya destruyó la forma,
el significado. La camisa
de fuerza ya no la quiero,
y el asilo no es un lugar de descanso.

He querido siempre la libertad infinita
pero el edificio y el libro
con sus cadenas de hierro pulido
arropan cada micrómetro de
esta cárcel de mi esencia.

Ya solo quiero un amanecer
envuelto de color rosa y naranja
enmarcado de nubes y olas
para sentir la mano del viento salada
que me invita a despertar
a una vida con cero millas.

NUBE NEGRA

Nube negra que asechas mi vida,
siempre me persigues a donde voy.
Yo olvidé quien soy
y me di cuenta que mi corazón no olvida.

Nube negra que estás siempre a mi lado,
llenas mis ojos de una lluvia salada.
Yo me creí los cuentos de hadas
y todavía de este sueño no he despertado.

Nube negra, vete ya de aquí,
tráeme un día lleno de alegría.
Yo ya estoy empapado por ti
y tú sigues llena y fría…

Nube negra, ya sé tu razón de ser,
estás aquí y jamás irás a tu lugar.
Yo no tengo la sombrilla para detener
esta lluvia que tú nunca has de llorar.

LO QUE SOY YO

Tu ausencia no me ha perturbado,
todavía queda el calor en la cama,
la noche avisa que será fría,
pero tu recuerdo me sirve de sábana.

Sí, las noches sin ti son eternas.
El tiempo se hace infinito y la vida,
la vida sin ti es una simple pérdida
de todo lo maravilloso que pudimos ser.

Pero siempre ha sido así en esta historia,
solo llego a ser una aproximación,
un mero sueño, un espejismo, un… No sé qué.

Me tendré que conformar con ser esto
y darme cuenta al fin de la realidad:
de que solo soy tu pasajera pertenencia.

LA ENFERMEDAD

Hoy quiero ahogarme en mis versos,
zambullirme dentro de mi ser,
para encontrar la herida
que aún sin sangrar me atormenta.

Hoy, te has adueñado de todo lo mío,
respiro tu esencia y exhalo tu nombre,
te has apropiado de mi ya cansado corazón,
que hoy mendiga por una migaja de tu amor.

Hoy, la noche es fría y la casa está vacía.
Tu recuerdo, aún fresco, entra como el viento
por la ventana abierta hacia la Luna
que no habla pero sí observa.

Hoy, no le puedo mentir a mi sombra,
sufro de la enfermedad que mata poetas
de la cual el único antídoto vive
en los labios de la mujer que amo.

TÁCTICAS Y ESTRATEGIAS

Inspirado en Tácticas y Estrategias
de Mario Benedetti

Mi táctica es sencilla:
es quererte, tocarte y besarte,
mirar a tus ojos y sonreír
y ser feliz con tan solo verte.

La estrategia es algo compleja,
conlleva fabricar, con tinta,
versos infinitos que trazan tu forma
y plasman lo que el alma no dice.

Como ves, son tácticas y estrategias
simples pero complejas a la vez
que existen con un solo propósito:
que tú, después de esta noche, me extrañes.

SILENCIO

Déjame contarte qué dice el silencio,
cómo grita con todas sus fuerzas
cuando ya no aguanta más,
cuando se cansa de reprimir.

Sí, vivir en el silencio es un tormento,
es un lugar oscuro y frío
donde no estás tú a mi lado
aunque añoro tocar tu mano.

Vivo sin lenguaje y sin palabras,
el silencio, es una camisa de fuerza
que me aguanta y me amarra
y no me deja ser quién soy.

Pero, hay paz en la tormenta,
vivo en silencio pero sueño,
me hago ilusiones y deseo
que todo se haga realidad.

El silencio es hoy mi amigo,
me lleva de la mano en el camino,
a un lugar lejos de la realidad
donde ojalá te pueda encontrar.

ALBA

El alba alumbra tu cara
mientras comienza el día
y te miro, lleno de alegría,
porque el destino me dijo que te amara.

Despertar contigo es maravilloso,
besarte en la mañana es lo mejor,
quién diría que habría tanto amor,
quién diría que hoy serías mi tesoro.

Mis manos tu cuerpo descubren
y mis besos pintan tu figura,
y tus ojos, color noche oscura
quiero que mis días alumbren.

Hoy, quiero que sigas durmiendo,
abrazada a mi cuerpo eternamente
para poseerte desenfrenadamente
bajo la luz del alba que te va descubriendo.

ATRAPADA EN MIS VERSOS

Quién diría que tú serías
aquella desconocida,
aquella figura
atrapada entre mis versos.

Te has convertido
en el efecto directo,
en la razón, en el propósito
de la existencia de esta estrofa.

Quién diría que ibas a ser tú,
ni el mismo destino se lo esperaba
que fueras tú aquella
que vive atrapada entre mis versos.

DÉJAME I

Déjame escribirte una vez más,
déjame colocar estas palabras
como besos en tu boca
en esta noche estrellada.

Déjame zambullirme, déjame entrar,
déjame ser quien tranquilice tu corazón
pero más aún, déjame ser aquel
que en silencio roba tu corazón.

Déjame mirarte y perderme en ti,
déjame navegar en tu cuerpo
y descubrir tus mares mientras tú
eres mi norte.

Déjame, pero no me dejes,
agárrame y no me sueltes,
tómame de la mano y caminemos
por este camino sin descubrir.

LA INAPRENSIBLE

Eres la inaprensible,
aquella que el tiempo me negó,
has sido el pájaro que se escapó
y que vuela lejos de mí.

Sí, serás aquella que perdí;
la que la infinidad del tiempo
simplemente no me dejó tener.

Y aunque en tus ojos me pierdo,
no logro evitar admirar
cuán fácilmente te esfumas.

Ya, el tiempo no es suficiente
y más cuando tus labios tienen dueño,
me tendré que resignar
y en mis libros de poesía serás
aquella que nunca pude tener.

EL SOÑADOR Y LA EXTRAÑA

No, no pudo ser,
no sé si por tarde
o por falta de tiempo
pero no pudo ser.

No había chance,
era imposible la travesía,
fue todo una equivocación,
incluso pensar que podía suceder...

El momento no fue el indicado,
tenía todas las probabilidades de perder,
ya alguien te poseía
y yo era un intruso.

Y si no pudo ser
tal vez fue lo mejor.
Tú seguirás siendo la extraña
y yo, un simple soñador.

SOY/ERES

No sé por qué miro por la ventana,
ya me cansé de mirar lo inalcanzable,
eres aquella estrella en el cielo
que distante alumbra y nada más.

Sentada en la playa espero paciente
y me dedico a contar la arena,
eres el atardecer en el horizonte
que se ha de mirar de lejos y nada más.

Así verte de lejos solamente,
mientras pasan los días y las horas,
soy solo una pared cualquiera
cuyo propósito es ocupar espacio y nada más.

Soy más invisible que el mismo aire,
ocupo menos espacio que la nada
soy solo una sombra a tu lado
que existe cuando hay luz y nada más.

Tú y yo, seres distintos,
no poseemos los libros de nuestra historia.
Seremos dos extraños en la calle
que se cruzarán un día y nada más.

EL TIEMPO

Ya no queda tiempo, se me escapa
este fluir de agua infinita
con cada aliento que tomo.

Con cada parpadeo el reloj disminuye,
ya me van quedando menos amaneceres
y ya el sol se está cansando
de darme luz para poder ver.

Ya me quedan pocos eclipses,
ya me quedan pocas estrellas fugaces,
y al igual que una estrella que se apaga
aún en mi partida quedarán remanentes de mi luz.

Infinitamente viaja el tiempo,
y solo te da una limosna
de tan poco tiempo para vivir
y de tanto tiempo para estar muerto.

UN VIAJE AL BORDE DEL UNIVERSO

¿Cuándo realmente te fuiste?
Ya la memoria afectada no puede
determinar el microsegundo exacto
de tu partida.

En la casa ya no queda ni tu sombra,
y el ruido de tu ausencia retumba
en el inmenso vacío del cuarto
lleno de un frío invernal siberiano.

La tormenta de nieve va poco a poco
enfriando mi torpe músculo del pecho,
que ya no late como latía antes.

Un parpadeo es una eternidad
comparado con la duración de nuestro amor,
pero aún así, olvidarte será
un viaje al borde del universo.

ASÍ SERÁ

Algo de mi alegría se fue contigo,
en un viaje hacia el eterno olvido.
tú, andarás por la vida sin saber
que aún el olvido no ha tocado mi puerta.

Una tarde de lluvia es perfecta:
las lágrimas se confunden al caer.
Hoy no lloro por lo que perdí
sino por lo que pude llegar a tener.

Es cierto, algún día te veré feliz,
feliz de la mano de algún hombre
que ignora cómo fue nuestra historia.

Y tú, algún día me verás por ahí,
tendré que fingir que algo me cayó en el ojo
para que no sepas que aún lloro por ti.

EMOCIONES BORRADAS

Has pasado por mi vida sin saber
que todos mis versos son para ti,
la Luna es testigo de las noches
en las que solo sueño contigo.

Es una tortura realmente,
verte día tras día ahí,
dándome la bienvenida con tu sonrisa
y alterando mi pulso con tus ojos.

Al final del día me resignaré
a solo mirarte de lejos y nada más;
he de mirarte con el rostro indiferente,
mientras borro mis emociones.

LA BURBUJA Y EL CACTUS

La vida pudo ser distinta,
pudimos ser uno, pero no fue así,
estabas lleno de inseguridad, y yo,
lleno de ganas de querer amar.

Pero yo, una simple burbuja,
¿qué podré hacer contigo?
Tú, un ser lleno de espinas,
mejor conocido como un cactus.

Tú, lleno de miedo; sí lleno de miedo,
lleno de un terror profundo de tener miedo,
de entregarse por completo
a esta burbuja repleta de amor.

Pero ¿qué podíamos hacer tú y yo?
Dos seres tan distintos,
luz y oscuridad, agua y aceite,
dolor y felicidad, lágrimas y sonrisas.

Te quería amar, pero no se pudo,
besarte por completo sin parar,
pero, con un solo abrazo amistoso
yo, la burbuja, dejé de existir.

ARRÓPAME

La soledad ha venido a arropar
este agobiado y cansado corazón.
Tu recuerdo ya es solo una brasa
que con un mero soplo se apagará.

Mucho tiempo ha pasado desde la pérdida,
desde que perdí un trozo de mi alma.
Mi interior quedó, inmensamente vacío,
anhelando el amor que no llega.

Es triste vivir así, lleno de frío;
acurrucándome en tu recuerdo
que no apacigua ni calma,
este corazón que te extraña tanto.

ANALFABETA DE AMOR

Ya va mucho tiempo
y he olvidado cómo era amar,
ya no se cómo abrazar
ni mucho menos cómo desear.

El tiempo ha pasado rápidamente
borrando todo el conocimiento previo,
ya mis manos son torpes instrumentos
que no saben qué es una caricia.

Este paso del tiempo ha convertido
mis labios en entes disfuncionales
que aunque desean devorar una boca
ya ni saben cómo hacerlo.

Con su pasar, el tiempo
ha sabido cómo hacerme analfabeta en el amor,
quitándome todo lo que tuve
y ahora deseo volver a tenerlo.

TRANSPARENCIA

Sí, será así. Solo silencio
y un glaciar infernal me arropará.
Ya no estás, o nunca estuviste
y por alguna razón te extraño.

La soledad es un síntoma
que va deshaciendo el cuerpo,
se alimenta de alegría;
es un parásito mortal.

Tu poca presencia
ha degradado mi humanidad,
ya solo soy un ente transparente
que le escribe versos al vacío.

SOMOS DISTINTOS

Amigo, te llamo amigo
aunque nunca te conoceré.
Me dirijo a ti, amable desconocido
que hoy usas como mapa estos versos.

Buscas ser dueño de lo que un día fue mío,
y disfrutar de aquello que yo tanto cuidé.
Sueñas, rotundamente, explorar tierras nuevas
pero por donde tú caminas ya yo caminé.

Y con tu mapa vas en búsqueda de su corazón
tan anhelado como El Dorado,
sin saber que está escondido
bajo la tierra que hoy crees descubrir.

En tu intento fallido de ser el primero
en reclamar como tuyo este conquistado terreno
descubrirás que tanto tú, como tu jornada,
serán como las memorias de un sueño
que al despertar han de ser olvidadas.

Amigo, permíteme decirte la verdad:
jamás encontrarás ese tesoro deseado.
Pues, un día, en nuestro amor desenfrenado
nuestros corazones se sumergieron bajo tierra
y del mío germinó una flor.

Y cuando ya te rindas de tu noble hazaña
tomarás reposo bajo la sombra de un árbol,
el árbol más grande, que un día fue una flor.
El mismo árbol que escribió estos versos
y que con sus raíces aún arropa su corazón.

MI ÚNICO DON

No estoy ni cerca de ser
aquel hombre perfecto que buscas,
mis pies se enredan al bailar,
y ni una serenata te puedo regalar.

Debajo de mi ropa encontrarás
un cuerpo común y corriente,
lejos del estándar griego,
lejos de la perfección.

Lo que sí te puedo regalar
son mis versos,
mi único don,
y un lugar en este libro de poesía.

A LA QUE NO EXISTE

En esta noche fría y silenciosa
quiero hablarle al oído
a esa mujer que no existe,
a ese amor que nunca llegó.

Cuánto anhelo sus abrazos,
cuánto deseo besar sus labios,
pero hoy solo es un espejismo,
sin forma ni materia.

Hoy, le dedico estos versos
a esa mujer imaginaria,
a ese amor, que solo existe,
en mis sueños más profundos.

ENTIERRO

Hoy, soy simplemente un alma vieja,
un alma en busca de descanso,
esta noche me hundiré en el Aqueronte
a vagar cien años en busca del olvido.

Será un tonto intento tratar de olvidar,
tendré que quemar mi cuerpo y hacerlo cenizas
y quizás, tal vez, logre borrar
el recuerdo de tus ojos y tu sonrisa.

No ha sido fácil el viaje al olvido,
no ha sido fácil resignarme
ante la pérdida más grande de mi vida
y aceptar que ya no eres mía.

Un día mi corazón estuvo abierto,
feliz, lleno de alegría,
hasta que un soplo de muerte
le robó las ganas de vivir.

No dejaré que mi corazón sufra más
y que en sus últimas palpitaciones solo grite
aquel nombre que me atormenta
y que ocupará mi mente por siempre.

¿Dónde estás enterrador de los muertos?
¿Dónde está tu pala?
Aquí tengo mi corazón
y vengo a entregarte
lo que un día a ella le entregué.

ERES TÚ

Quién diría que tú serías
la protagonista de mis versos;
la que mueve mis manos
y guía esta pluma llena de tinta.

Hoy eres tú la musa e inspiración
de este poeta loco y sufrido
que hoy te dedica un poema
mientras tú ni te enteras.

Tú serás otra mujer en mi libro,
que, al no mencionar tu nombre,
podrás leer estas líneas
sin saber que fueron para ti.

Tú serás la desconocida, la "sin nombre"
y muchos pensarán que ni existes
pero en mi silencio, solo yo sabré,
que estos versos sí son para ti.

YO NO SÉ CÓMO PASÓ

Yo no sé cómo pasó ni cómo llegaste,
quizás el viento te trajo para que seas el aire
que hoy llena estos pulmones
cansados de respirar.

Quién diría que llegarías a ser
aquella que me hace titubear
y pensar dos veces
si a los ojos te he de mirar.

Hoy el tiempo se detiene
cuando estoy en tu compañía
o cuando me pierdo en tu mirada
con tan solo ver el color de tus iris.

A veces en las noches de frío
despierto imaginando que estoy perdido
enredado en tu cabello color noche.

Quizás deba abrir los ojos y aceptar
que solo en mis sueños será
que probaré la esencia de tus labios.

Sí, quizás todo ha sido un sueño;
producto de mi afán de querer,
o un hechizo mágico de esos ojos
que hoy atormentan mi existencia.

POEMA FINAL

La vida en aquellos días
bailaba a un ritmo
que con el pasar de las noches
se olvidó.

Nadie nos dijo cómo debíamos vivir
pero durante esas tardes
nos dejábamos llevar por el deseo
y nos perdíamos infinitamente.

Viajé el mundo contigo y aprendí
que junto a tu lado podía ser feliz.
Nos envolvimos, alocadamente,
en un amor que nos consumía.

La música disminuía
y el bailar ya no era el mismo.
Un frío ártico entró a la recámara
y ni la calefacción lo atenuaba.

Yo quise continuar desesperadamente,
para intentar salvar el barco
que sin darnos cuenta
se hundía con nosotros.

Pero una tarde nos dijimos adiós por siempre
con los ojos mojados porque sabíamos
que en esta vida no volveríamos
a amar otra vez como tú y yo nos amamos.

¿QUÉ ES LA VIDA?

Déjame contarte qué es la vida:
es un baile que hacemos
mientras la Tierra danza alrededor del Sol.

Cada cual decide qué hacer con su melodía,
a veces corta, a veces larga,
aunque nadie nunca sabrá su duración.

Será una sorpresa cuánto durará el baile,
el cual puede ser individual
pero queda mejor en pareja.
Esta también llegará de sorpresa
y si la música se mezcla y se armoniza,
el baile quedará mucho mejor.

La vida es eso; un baile sin igual,
al ritmo de tu música
y del baile de la Tierra alrededor del Sol.

PIENSA EN MÍ

Es bien malo arroparse
con el frío del recuerdo
y con lo que aún no pierdo:
el amor, que vuelve a asomarse.

Dime que te he robado
un sueño aunque sea.
yo, aunque tú no lo creas,
no he vuelto a dormir del mismo lado.

Tú, tienes que extrañar
mi beso de despedida,
mi voz en tu oído perdida
y mis brazos para abrazar.

¿Crees que hay otro que pueda,
otro que tenga la sutileza
de besarte con firmeza,
de darte lo que en mí queda?

¿Crees que sus brazos te cuidarán,
que tomará el tiempo necesario
para darte lo que yo te di a diario?

El amor más grande que te han dado.

Los zapatos los dejaré ahí,
jamás los podrá llenar.
El próximo que te venga a amar
tendrá que parecerse a mí.

Te deseo la mejor suerte,
que te amen más de lo yo te amé
pero para borrarte tendré
que hacerme amigo de la muerte.

Todo lo que tuve ya te lo di,
ya no queda más nada por hacer,
dime por favor que aunque sea una noche
vas a pensar en mí.

POEMA XII

Como una rosa que nace en el desierto
así vino a nacer el amor en mi corazón,
no tuvo sentido, fue algo inesperado
que hoy atesoro con todas mis fuerzas.

A pesar de todas las dificultades,
me he dado la tarea de cuidar esta rosa,
esta flor tan delicada que solo busca
seguir viviendo en donde no puede vivir.

POEMA XVI

La vida es mala, y aunque no vuelva a tenerte,
sé que algún día tendré que verte,
sola, o con alguien, caminando por ahí,
y me arderá en la boca el último beso,
aquel que le puso final al amor que te di.

LLEGASTE TARDE

Has llegado tarde, tristemente,
como la primavera al jardín,
las rosas que iban a florecer
han quedado secas y sin razón de ser.

Sí, has sido solo eso,
una equivocación, un error;
una tardanza, una idea
que nunca debió nacer.

Eres un virus en mi sangre
que llena mi pecho de ilusiones,
yo te quería amar pero el tiempo
me susurró y me dijo: "Mejor no".

YO NUNCA QUISE

Yo nunca quise nacer así,
poseyendo el mapa de un tesoro
sin la equis que marca su lugar.

Yo nunca quise vivir así,
con una piedra en el zapato
que con cada paso, duele más.

Yo nunca quise amar así,
entregándolo todo en un vaso
del cual ni tan siquiera puedo beber.

Yo nunca quise morir así,
teniendo que despedazar aquello
que un día tanto cuidé.

TAMBIÉN ÉL

En el mar de los sueños te encuentro,
navegando sin parar en mi memoria,
y en tu barco, ya no voy contigo
sin embargo, no vas sola.

Esa embarcación la ocupa alguien más,
alguien que intenta ganar tu corazón.
Hoy, tú y él irrumpen en mis sueños
transformándolos en terribles tormentos.

Y al despertar, lleno de tristeza,
la noche me susurra y me afirma
que también él ya se apoderó de tu corazón
y con esos mismos remos que yo utilicé
busca navegar aquel mar que nunca más exploraré.

¿POR QUÉ NO SABES AMAR?

¿Qué sabes tú de lo que es amar?
Si nunca una mano te ha acariciado
ni un beso ha comenzado en tu boca.

Yo quisiera que supieras amarme,
que vinieras a recorrer con tus manos
este cuerpo que clama tu nombre.

Pero no, Cupido no ha tocado tu puerta,
no ha venido a mostrarte qué es placer
y cómo perderte en los ojos de alguien.

EN MIS SUEÑOS

Sí, fue mía, aunque nunca lo supo.
la amé en el silencio más absoluto
que ha existido sobre la faz de la Tierra.

Sí, imaginé que la tuve en mis brazos
y que en mis sueños cada noche era mía,
pero al despertar
se desvanecía con los rayos del sol.

Sí, creí poseer sus labios e imaginariamente
devoraba su boca pero, beso a beso,
se fue desapareciendo de mi vida.

Sí, fue mía aunque casi no la recuerdo.
Poco a poco se desvaneció su esencia
hasta que un día, la olvidé.

AYER

Ayer en la calle te vi,
tenías de vestido el cielo
y de sombrero las nubes.

Yo te quería como un tesoro,
como esa prenda que se anhela,
como ese sueño que se olvidó.

Si solo supieras susurrar secretos,
si solo supieras soñar soles,
si solo supieras saborear silenciosamente
el amor que hay en mí.

Ayer te vi entrar
por la puerta de madera
y piedra que solo
se ve en la oscuridad.

OTRA

Químicamente sé que hay algo distinto,
algo que desafía, algo que cuestiona
lo que está sucediendo en mí:
el nacimiento de algo que no entiendo.

No sé cómo sucedió, mucho menos cuándo,
pero tu rostro de luz supo iluminar
este corazón ya en tinieblas
que se cansó de esperar.

Es casi imposible, lo sé.
es un brinco abismal entre dos mundos
un viaje a una galaxia a mil años luz.

Pero, una vez más, tu serás otra imposible.
Otra, que simplemente el destino me negó.
Otra, que su nombre no figurará
en este poema que ella jamás leerá.

ESTÁ PERFECTO

La tarde está fría y mi corazón,
congelado por tu ausencia,
me susurra que esta noche
solo será para recordarte.

Él, quiere que invadas mis sueños,
que te vuelva a ver enamorada
y aunque sea volver a sentir
uno de tus besos en mi cuerpo.

La noche está perfecta para recordar,
para sucumbir en tristeza,
para ahogarme entre lágrimas
y para creer que aún eres mía.

Pero, para la mente de un deprimido
los sueños son más efímeros,
y las noches no bastan para recordar
aquello que un día pude tener.

AFERRADA A MÍ

La travesía hacia el olvido no ha sido fácil
tu recuerdo es una mancha en mi camisa
que por más que la lave
jamás saldrá.

No ha sido fácil despertar imaginando
que todavía estás ahí en silencio
esperando que te bese y te diga:
"Buenos días mi amor."

Esta ruta ha estado llena de espinas
porque tu recuerdo me persigue
y me atormenta en las noches
como una pesadilla.

Yo pensé que te habías ido
pero sigues aquí presente,
en la sala mientras desayuno
y en mis viajes en automóvil.

Yo quisiera poder decirte adiós
de una vez y por todas
pero estás aquí, acostada conmigo
susurrándome al oído que no te suelte.

LA OLA

Sé que no piensas en mí,
tu memoria supo borrar con facilidad
aquellos besos que te regalé
y esas caricias que te dieron placer

Hoy en la noche no soñarás conmigo,
no revivirás aquella velada apasionada
en la que tres idiomas se juntaron
para darle voz al corazón.

La huella que creí dejar fue en la arena
y se ha borrado con facilidad por esa ola
llena de olvido y distancia,
que insiste en que haga lo mismo.

Ya tu recuerdo se está desvaneciendo,
ya no ocupas mis sueños ni mi pensar,
prontamente aquella ola ha de venir
para borrar la huella que dejaste en mí.

MUJER INEXISTENTE

La brisa de la noche me invita
a pasear mi pluma por el papel
para escribir versos sin nombre
a esa mujer sin silueta.

A esa que no existe, a esa que ha pasado
solo por mis sueños como un espejismo
y ha dejado en mi pecho la misma huella
que la brisa deja sobre las palmeras.

Mujer sin rostro, mujer sin ser,
vienes a perturbar mi existencia
sin tan siquiera estar aquí.

Tú misma, aún sin existir,
me causas tanto dolor y tanto daño
que no quiero imaginar qué pasaría
si fueras de carne y hueso.

ROMPEOLAS

Ante la ráfaga de viento
y la fuerte marea que rompe
sobre mi ya maltratado corazón
me resisto a olvidar lo que pasó.

Por la noche tu recuerdo me impide
borrar de mi memoria aquel encuentro
en el que mediante caricias y besos
exploré tu extranjera desnudez.

Tu silencio grita que me rinda
pero yo soy un rompeolas
que golpe tras golpe resiste
tu tajante ausencia de palabras.

Y aún así, sigo aquí frente al mar
esperando lealmente sonidos de tu boca
que confirmen que esta espera ha valido
la erosión que ha gastado mi corazón.

LA ESENCIA DE UN VERSO

No, no fuerces ese verso;
no declames esa estrofa sin rima ni emoción.
La poesía no es un trabajo
sino la propia esencia de respirar.

No juntes las palabras porque sí,
deja que tengan sentido,
deja que le hablen a un ser
para que tengan propósito estas letras.

Haz un poema para alguien
y no dejes que quede sin nombre
porque no hay cosa más triste
que la idea de un verso huérfano.

SOÑANDO DESPIERTO

Cómo despertar de este sueño
si te tengo entre mis brazos
descubriendo cada rincón de tu piel
mientras la brisa del mar nos arropa.

¿Para qué despertar si tu cuerpo está cerca?
¿Para qué abrir los ojos si te estoy besando,
en este sueño que se hizo realidad;
en esa noche bajo estrellas?

No fue un sueño tenerte tan cerca,
no fue un sueño besar tu boca,
mientras el vaivén del agua
juntaba nuestros cuerpos.

Quiero otra noche así,
en la que todo parezca un sueño
para que no pueda distinguir
si estoy soñando o estoy despierto.

FRENESÍ

Beso a beso he explorado
tu boca que solicita ser besada
mientras mis manos bordean
apasionadamente tu figura.

Y quiero más porque te has convertido
en el aire que llena mis pulmones.
Y quiero más porque deseo plantar
besos en cada pulgada de tu piel.

Quiero perderme en tu cuello,
encontrar refugio en tu pecho
mientras tus piernas me abrazan
y de tu boca, ya no salen palabras…

No quiero imaginar más,
no quiero despertar de otro sueño
sin tenerte cerca de mí
explorando tu desnudez.

TÚ

Tú has venido a ser
aquel regalo que me dio la bruma,
aquel tesoro que devolvió el mar
aquellos días de verano.

Hoy, eres el presente que me dio
la gentil Luna aquella noche
en la que tus ojos se fijaron
por primera vez en mis versos.

Nadie sabe qué pasará mañana,
pero le he jurado al sol
que mi corazón solo palpitará
al son del amor que siento por ti.

EL LÍMITE DE TUS LABIOS

El silencio habló más esa noche
y nuestras manos gritaron lo que callamos.
En esa noche fría busqué tu calor
y terminé encontrando algo más…

Solo un beso fue suficiente
para despertar en mí
ese deseo de bailar
en el límite de tus labios.

Y así fue, me tentaste a explorar
qué más podían decir tus besos
que caían sobre mi boca
como gotas de lluvia.

Y aunque la noche terminó,
hoy despierto con las ganas
de irme una vez más en esa travesía
al límite de tus labios.

DÉJAME II

Déjame escribirte mil versos,
déjame acabar toda la tinta
con tal de cubrir cada papel
con estrofas dedicadas a ti.

Déjame contar las estrellas
de esta noche sin Luna
con tal de encontrar la cifra
que iguale lo que siento por ti.

NADIE ME DIJO

Nadie me dijo que esto sería así,
que tus besos me iban fascinar,
que tu cuerpo me iba a cautivar
y que tu sonrisa me haría feliz.

Nadie me dijo que me ibas a querer
tanto como hoy me lo demuestras.
Nadie me dijo lo mucho que ibas a desear
estar enredada entre mis brazos.

Y aunque nadie me dijo todo eso
hoy despierto feliz al saber
que en tu corazón hay espacio
para este poeta perdido.

MUSA QUERIDA

Tengo esta noche un afán,
un afán de gritar lo callado,
de aferrarme a ti, musa querida,
para que tu voz sea la que escriba.

Déjame navegar en tus mares,
déjame adentrarme en lo más profundo
para conocer lo que callo,
para que tu voz hable por mí.

Hoy no hay ser a quién escribirle
pero los versos fluyen como esta lluvia
que baña mi alma, descubriendo así
la verdad que un día encerré.

Eres tú la que guía mi camino,
eres tú la que mueve esta mano
incapaz de plasmar un pensamiento
si no eres tú, musa querida, quien la guía.

DE HOMBRE A HOMBRE

Yo jamás pensé a estas alturas
escribir unos versos para ti.
Hoy, de hombre a hombre,
te quiero hablar de lo que perdiste.

Ya no tienes en tus brazos
una mujer capaz de amar
con una pasión increíble
que es difícil encontrar.

Hoy no te puedes perder en sus ojos,
ni mucho menos enredarte en su pelo.
Por las noches te debes torturar
al saber que hoy soy yo
el que la llena de pasión y deseo.

También sé que quisieras volver
pero la vara hoy está muy alta
para ti que no supiste cuidar
este tesoro que hoy camina a mi lado.

Y no me da pena tu angustia ni dolor
porque por ti, su corazón se marchitó.
Pero hoy, te debe doler saber
que ella ha encontrado un sol más brillante.

Aunque nuestros ojos no se han cruzado
sé que algún día nos veremos.
Y será en ese momento, en ese instante,
cuando bajes la mirada, que te darás cuenta
que lo que un día poseíste
ni hoy, ni mucho menos mañana,
jamás volverá a ser tuyo.

Río fuimos y mar algún día seremos
aunque nuestras aguas se pierdan y nos dispersemos.

ÍNDICE